Novia Dominante

Dominación y sumisión erótica

Erika Sanders

ERIKA SANDERS

Novia Dominante

Erika Sanders
Serie
Dominación y sumisión erótica

Sinopsis

Después de años de ausencia, Andrew se reencuentra con su antigua novia deseando reconciliarse.

Pero ella ya no es la misma... y está rencorosa y dolida con él.

¿Andrew aceptará a la nueva y más segura Verónica? ¿Qué hará ella para vengarse de la traición de él?

Novia Dominante es una novela de fuerte contenido erótico BDSM y, a su vez, una nueva novela perteneciente a la colección Dominación Erótica, una serie de novelas de alto contenido BDSM romántico y erótico.

(Todos los personajes tienen 18 años o más)

Nota sobre la autora:

Erika Sanders es una conocida escritora a nivel internacional, traducida a más de veinte idiomas, que firma sus escritos más eróticos, alejados de su prosa habitual, con su nombre de soltera.

Indice

NOVIA DOMINANTE
ERIKA SANDERS

11

CAPÍTULO 1

Ella no podía creer que él había entrado en su bar ...

¡¡SU BAR!!

Cien bares en esta ciudad, y él tenía que ir al de ella.

¡Cabrón!

Sí, él le había roto el corazón ...

La había dejado por esa elegante rubia flaca.

Pero ella no estaba sentada llorando.

¡Mierda, remierda!

Verónica salió de la barra para pararse frente a él.

Sus manos se movieron para descansar en sus caderas ...

Ella no era una chica flaca.

No, tenía piernas fuertes, caderas, hombros anchos.

Sus ojos verdes lo miraron.

Un mechón de pelo rojo había caído de su cola de caballo.

Ella se sacudió la cara con irritación.

Él mantuvo su cabeza inclinada, los codos en el mostrador, mientras miraba un vaso de soda.

"¡Andrew!" Ella gruñó.

Su cabeza se levantó lentamente.

Una barba de dos días cubría su rostro.

Había líneas escarpadas en esa cara, que no habían estado allí antes.

El cabello castaño estaba desarreglado.

Sus ojos se encontraron con los de ella, luego se desviaron, culpable.

La ira se encendió caliente y cruda en su pecho.

De repente, su mano se desprendió de su cadera, y ella lo golpeó con fuerza en la mejilla.

Ella lo golpeó tan fuerte que él giró su cabeza.

El bar se quedó en silencio, mientras todos se giraban para mirar.

Robert se apresuró a acercarse.

"¿Qué estás haciendo, Verónica?" Él siseó, furioso.

Técnicamente era su bar, ella trabajaba allí.

Pero, aun así, Andrew no tenía derecho a entrar aquí ... no después de lo que había hecho.

Verónica volvió sus ardientes ojos hacia Robert, lista para atacarlo.

"Está bien, Robert". Andrew dijo, levantando una mano.

Con la otra, se frotó la mandíbula.

Una mancha roja brillante apareció en su mejilla.

"Ella tiene derecho a estar enojada. Yo fui un imbécil".

"¡¡¿Crees eso?!!" Ella resopló. "¿Por qué estás aquí, Andrew?"

"Vine a decir que lo siento, Verónica". Él le dirigió una mirada triste, finalmente encontrándose con sus ojos. "Necesito enmendarme".

"Oh, ahora lo sientes ... ¡¡¿Ahora lo sientes? !!" Las fosas nasales se le ensancharon, y ella se tambaleó, lista para atacar de nuevo.

"Ve a relajarte, Verónica". Dijo Robert, señalando el pasillo de atrás. "Tal vez debería irte, Andrew."

Verónica se mantuvo firme, mirándolos a ambos.

Andrew agarró su chaqueta de cuero de la parte posterior del taburete.

"Fui estúpido, Verónica, ¡realmente estúpido!" Dijo, retrocediendo. "Necesito hablar contigo. Estoy sobrio ahora".

Se volvió, dirigiéndose a la puerta, con sus botas de montar golpeando el suelo.

Vero no se relajó hasta que escuchó el zumbido de un motor de motocicleta que se encendía en el estacionamiento.

CAPÍTULO 2

La grava crujía bajo sus botas, mientras Verónica se dirigía a su carro.

Era su bebé, el viejo Chevy del 79, plateado y cromado.

El Honda de Robert estaba aparcado cerca.

Los suyos fueron los únicos vehículos que quedaban en el estacionamiento del bar.

Estaba agotada después del trabajo … y todo ese drama con Andrew.

Un movimiento hacia la izquierda llamó su atención.

Una forma sombría … fuera del anillo proyectado por la luz del estacionamiento.

Se acercaba a ella.

"¡DETÉNGASE!" Ella gritó.

La figura continuó moviéndose hacia ella …

Una forma voluminosa, moviéndose con propósito.

Agachándose, metió la mano en la guantera de la camioneta y sacó la pistola que tenía oculta ahí para este tipo de situaciones.

Así que en un segundo tenía a su Smith y Wesson de 9 milímetros, y apuntado con el brazo extendido …

La mano estaba apoyada contra el capó de la camioneta.

El sonido de la carga del arma resonó por todo el aparcamiento vacío.

"¡Oh, mierda!" Andrew siseó, medio congelado. "¡Oh, Dios! ¡No me dispares, Vero!"

Al sonido de su voz, ella bajó el arma, la adrenalina corría por sus venas.

Ella lo estudió, mientras vaciaba la bala de la cámara.

No había ninguna señal de su motocicleta aquí ... debía de estar un poco más abajo en la calle.

Ella se metió la pistola en la cintura de sus vaqueros.

Él no dijo una palabra más, hasta que la tuvo guardada.

Se movió hacia ella, hacia la luz.

"Estás de vuelta." Fue una declaración a disgusto con sus labios fuertemente apretados. "No deberías ir acechando a la gente en la oscuridad, Andrew".

"¡No mierda!" Él hizo una mueca, mirándola con recelo. "Pero Verónica, realmente tengo que hablar contigo ..." Miró nerviosamente a la puerta del bar.

Robert saldría en cualquier momento.

Andrew sabía que el hombre no estaría muy feliz de verlo de vuelta aquí.

"No tengo nada que hablar contigo." Ella gruñó "A menos que quieras que te golpee, otra vez."

"Puedes hacer eso si quieres ..." Lo dijo tan suavemente que ella casi no lo escuchó.

"¿Qué?"

"Dije ... Puedes pegarme otra vez, si quieres también". Un poco más fuerte esta vez.

Vero lo miró fijamente por un largo momento, luego caminó alrededor de la camioneta hasta donde él estaba.

Ella lanzó la mano hacia su rostro con un resonante ¡ZAS!

Se quedó quieto, absorbiendo el golpe, con los ojos cerrados.

De repente, ella levantó la mano sobre su chaqueta abierta, agarrándole el cuello lleno de músculo.

Tenía la mano justo donde el cuello y el hombro se encontraban.

"Arrodíllate y di que lo sientes". Ella siseó las palabras.

Su mano estaba tirando de él.

Andrew dudó por una fracción de segundo, luego sus rodillas golpearon la tierra.

La grava presionaba a través de los vaqueros contra su piel.

Él la miró a la luz.

"¿Es esto lo que quieres? ¿Yo de rodillas?" Preguntó.

Ella asintió en silencio, la furia oscureciendo sus ojos.

Dando un paso adelante, ella le pateó sus rodillas con la punta de su bota para que las separara aún más.

Bajó una mano para recorrerla a través de su cabello, luego ella agarró un puñado y tiró bruscamente de su cabeza hacia atrás.

"Dilo entonces ... Dime que lo sientes ahora". Ella habló en un tono bajo y ronco.

"Lo siento mucho, Verónica" Llegó su murmurada respuesta, mientras contenía un jadeante sollozo.

Por un segundo, parecía que ella podría besarlo.

Pero lo pensó mejor, y se apartó, liberándolo en su lugar.

Él gimió ante su ausencia, perdiendo ese beso.

Pero él casi también se extrañó por las palabras lanzadas sobre su hombro

"Sígueme a casa".

CAPÍTULO 3

Su hogar seguía siendo el remolque, aparcado en el límite con el desierto, en un lote de cinco acres.

La luz de la luna brillaba tanto que proyectaba sombras sobre el paisaje.

Aparcó su camioneta y observó cómo la Harley de él cruzaba la entrada al lote.

Un toldo se extendía a lo largo de la parte delantera de la antigua autocaravana renovada, proyectando una sombra oscura.

Moviéndose hacia la puerta, ella lo dejó para le siguiera en su camino.

Andrew se detuvo para mirar el lugar.

Ése solía ser su hogar.

Ella lo había mantenido bien.

Hace tres años ...

Los recuerdos lo golpearon como un puñetazo.

Casi vuelve a caer sobre sus rodillas ...

Todo lo que parecía saber hacer era luchar, algún tipo de lucha de poder, constantemente.

Él solía estar de fiesta mucho con la gente del club de motos.

Ella estaba trabajando en el bar.

Había una tonta rubia detrás de él cada vez que podía.

Verónica estaba enojada.

Él le decía a ella que se relajara, que confiara en él.

Ella quería que le dijera a la chica que se perdiera ...

Dijo que era su deber hacer eso ... para que la perra supiera que él no estaba disponible en el mercado.

Él nunca le dijo que no estaba pasando nada con esa chica.

Solo insistía en que ella confiara en él, le dijo que no se preocupara.

Pero una noche, las cosas se pusieron algo peor.

Otra gran pelea, Verónica llorando en la pequeña cocina.

Estaba borracho de nuevo.

Sacó los papeles del remolque de una carpeta, y él se los entregó a ella ... los arrojó sobre la mesa.

Luego empacó sus mochilas y se marchó durante la noche.

¡Estúpido!

La dejó aquí, sola ...

Tan lejos de sus amigos y familiares.

Montando por los caminos secundarios, tardó dos semanas en llegar al estado de Washington.

Entonces, todavía seguía enojado con ella.

Consiguió un trabajo como leñador.

Le tomó cerca de tres meses darse cuenta del error que había cometido ...

Sí, él era bastante tonto.

Una vez que se dio cuenta ... de lo que en realidad había hecho, estaba demasiado avergonzado para ir a casa, o incluso llamar.

Tardó tres años en decidirse de al menos intentar volver a casa.

'Aquí no hago nada' pensó, mirando las luces encenderse en el remolque ...

Pero había algo allí, cuando se había arrodillado para ella esta noche ... ¿verdad?

¿Había entendido mal esa mirada de deseo en sus ojos?

Se acercó a la puerta y llamó.

CAPÍTULO 4

Un amortiguado "Entra" se oyó desde dentro.

Con el corazón en la garganta, Andrew abrió la puerta de metal y subió las escaleras.

Vero estaba sentada casi en el mismo lugar en el que había estado la noche en que él se fue ...

Solo que ahora no estaba llorando.

Ahora, ella tenía los brazos cruzados, mirándolo con una mirada de piedra.

Sí, se había vuelto más dura en los últimos años ... ¡No había duda de eso!

Un par de esposas estaban colocadas sobre la mesa.

Las miró con curiosidad.

Ella siempre había sido dominante ... incluso agresiva, pero nunca perversa.

Su polla comenzó a palpitar con fuerza en sus vaqueros desteñidos.

Estaban demasiado apretados para poder ocultar cualquier cosa.

Ella miró su entrepierna con una ceja levantada.

"Te fuiste hace muchísimo tiempo, Andrew".

No había ni rastro de la dulce sonrisa que solía iluminar esa cara pecosa, bañada por el sol.

"Era un imbécil", dijo, preguntándose cuántas veces más tendría que decir eso.

"¿Era? ¿Algo cambió?" Una mirada muy dura.

"Sí ... crecí. Me di cuenta de lo mucho que te quiero, de lo mucho que te necesito".

Tal vez esto había sido una mala idea, volver.

Tal vez ella nunca lo aceptaría de nuevo...

No lo perdonaría nunca.

"¿La puta rubia te dejó? ¿Es por eso por lo que estás arrastrándote hacia mí?"

"Nunca estuve con esa chica, Verónica. Ella simplemente se me colgó. Yo ... Debería haberte dicho. Debería haberle dicho que se perdiera ..." Se sentía agotado y triste.

"¿Qué?" Ella frunció. "¿Qué diablos, Andrew ... Toda esa lucha que hicimos, ni siquiera estabas con ella? ¿Por qué?"

"Quería estar contigo ..." Bajó la vista y la dejó en su bota en el suelo.

"¡¡NO!!" Ella rugió. "Quiero decir ... ¡¡¿Por qué no me dijiste que no estabas con ella? !!"

Ella se había levantado del asiento del banco y puso su puño en la parte delantera de su camisa.

No tenía que mirar muy lejos para poder hacer contacto visual.

Él solo medía unos centímetros más que ella.

Ella lo empujó hacia atrás, y perdió el equilibrio, agarrándose al mostrador.

Jadeando, recuperó el equilibrio, pero estaba abierto a lo que ella quisiera, sin hacer un sólo movimiento para salir de su alcance.

Hace tres años, él se había apartado de ella y se había ido.

Pero ella ahora lo estaba tocando ... eso era suficiente para él.

Su respiración se aceleró mientras miraba hacia abajo.

Ella estaba allí otra vez, con esa lujuria en sus ojos.

Su pecho subía y bajaba rápidamente.

Ella le devolvió la mirada ...

Una mirada desafiante.

Él sostuvo su mirada durante unos segundos, luego apartó la vista ... cediendo.

Nunca había hecho eso.

Una sensación de zumbido lo llenó, y se sintió mareado.

Mirando hacia atrás con los puños sobre la mesa, se estremeció.

"Fue una estupidez ... una pura estupidez ..." dijo él, volviendo sus ojos a los de ella ... tratando de dejarla ver en su corazón.

Su rostro se suavizó ligeramente, y ella soltó su camisa ... volvió a la mesa y se sentó con un suspiro.

"¿Dónde has estado todo este tiempo?" Ella no lo estaba mirando ... estaba mirando por las ventanas oscuras del remolque.

"Washington ... Leñador". Sabía lo loco que debía sonarle a ella.

"¿Por qué?" Ella frunció el ceño otra vez, luciendo más confundida que enojada.

"Porque estaba estupefacto ..."

"Lo sé ... ¡Te escuché las primeras seis veces! Fuiste estúpido y un imbécil ... ¡Ya entendí eso!" Ella estaba enojada de nuevo. Sus ojos verdes parpadeando ... "¿Pero por tres años, Andrew?"

"No sabía cómo decir que lo sentía, hasta ahora". Murmuró, extendiendo las manos.

Ella tuvo que inclinarse hacia adelante para escucharlo, luego se recostó en el asiento y asintió distraídamente.

Pasaron dos minutos completos de silencio.

Andrew se quedó muy quieto, esperando que ella terminara de pensar.

De repente, su voz rompió el silencio.

"¿Podrías volver a arrodillarte por mí, Andrew?" Ella se volvió hacia él, el deseo oscuro de nuevo en sus ojos.

Tragando, volvió a arrodillarse, manteniendo los ojos bajos.

La dureza de su erección era dolorosa, y se sintió acalorado por la vergüenza.

La oyó ponerse de pie y vio sus botas entrar en su línea de visión.

Una vez más, ella le dio una patada en las rodillas, y él escuchó un gemido.

Le tomó un segundo darse cuenta de que el sonido venía de su propia garganta.

"Quítate la camisa." Ella dijo, las palabras secas eran como cuchillos hacia abajo.

Desabrochando rápidamente los botones suficientes para que la camisa se le pasara por la cabeza, Andrew se la sacó antes primero de la cintura de sus pantalones sujetos con cinturón.

Y luego se la quitó, agitando aún más su cabello.

Antes de que él pudiera averiguar qué hacer con la camisa, ella se la quitó de sus manos y la tiró en uno de los asientos del remolque.

Ella caminó alrededor de él, pasando una mano por sus hombros duros y su espalda.

"Joder, Andrew ... realmente te pusiste bien fuerte ..."

Tenía músculos muy fuertes, obtenidos de un duro trabajo manual de leñador.

Regresó frente a él y le pasó una mano por el ligero vello de rizos marrones en su pecho.

A continuación, su mano rodeó uno de sus pequeños pezones, y luego lo apretó con fuerza entre las yemas de sus dedos.

Él gruñó, haciendo una mueca, no acostumbrado al dolor agudo y lacerante.

Ella nunca había sido así antes ...

Siempre habían follado como la gente normal, y había sido bueno.

Habían hecho también lo oral, hacían que ambos se sintieran bien ...

Pero esto ... esto tenía su corazón acelerado y su cerebro fuera de control.

Ella pellizcó el otro pezón y él hizo ese gemido de nuevo.

¿Se había dado un golpe en la cabeza en alguna parte?

¿Era esto un sueño?

El dolor que estalló, cuando ella torció bruscamente a ambos pezones, y lo devolvió a la realidad.

Dejando escapar un grito ronco, inhaló aire en su pecho y comenzó a alcanzar el mostrador ... para levantarse.

¿Qué estaba haciendo ella?

Una mano presionó su hombro, y ella agarró un puñado de cabello, tirando de su cabeza hacia atrás otra vez.

"Si te levantas, sin que yo te lo ordene, estarás caminando hacia esa puerta ... ¿Entiendes?"

Ella habló lentamente mientras se inclinaba hacia su oreja.

Él asintió y se dejó caer de rodillas de nuevo.

Santa mierda, ¿qué estaba pasando?

Bruscamente, ella se apartó de él, de vuelta a la mesa.

Ummm, ese hermoso trasero ...

Pero se distrajo por un tintineo de metal, mientras ella recogía las esposas de la mesa

¡Oh, mierda!

Su polla palpitaba como loca, y por un segundo, pensó que podría hiperventilarse.

"Levántate y date la vuelta". Ella dijo.

Había un tipo de confianza tranquila sobre su voz ahora.

Eso era algo nuevo

Se puso de pie y se volvió, esperando.

"Pon tus manos detrás de tu cuello, Andrew"

Lo dijo como si ella estuviera segura de que él lo haría ... y lo hizo, incluso entrelazando sus dedos.

Pero, cuando el metal se cerró alrededor de su muñeca izquierda, se puso un poco asustado.

CAPÍTULO 5

"¿Tienes las llaves para esto, Verónica?"

Trató de mirarla por encima del hombro.

Ella lo ignoró, mientras sujetaba la otra esposa alrededor de la muñeca derecha.

Luego, volviendo a pararse frente a él, tiró de un collar que colgaba de su cuello.

No lo había notado antes.

La cadena caía dentro del escote de su camiseta "Robert's Bar".

La sacó y mostró unas pequeñas llaves de las esposas que colgaban al final de la cadena.

Él asintió, suspirando aliviado, y se sorprendió por la sonrisa que apareció en sus labios.

"¿Cuántos muchachos has encerrado así, Vero?" Preguntó, tragando.

"Tú eres mi primero" dijo ella pensativa.

"¿Entonces por qué llevabas las llaves?" Se sintió incómodo al hacer estas preguntas, mientras estaba allí esposado,

"He estado esperando que venga el chico adecuado". Las palabras sonaban más como un pensamiento que una respuesta ...

Dios, todo esto era tan confuso ... ¡Pero tan excitante!

Él había venido aquí para disculparse con ella ... pero, ¿quién era esta mujer ahora?

El cálido hormigueo en sus bolas le dijo que quienquiera que fuera ella, tenía toda su atención.

"Vamos a la habitación". Declaró, mientras su mano se deslizaba hacia abajo debajo del cinturón en la parte posterior de sus pantalones vaqueros, para guiarlo.

Ella lo empujó por el estrecho pasillo.

Para atravesar el espacio reducido, tuvo que doblar los codos alrededor de su cabeza.

Fue empujado a través de la puerta del dormitorio.

La cama estaba cuidadosamente hecha, la habitación ordenada, excepto por dos objetos que llamaron su atención.

Sobre la colcha había una revista y un vibrador rosa.

La revista lo hizo detenerse bruscamente, y ella casi tropezó con su espalda.

En la portada había un hombre arrodillado, con una mordaza de bola redonda y negra atada a la boca.

Una cuerda cruzaba el cuerpo del hombre, atando sus brazos fuertemente contra su torso.

Una especie de metal estaba sujetando cada pezón.

"Esclavo para su placer" aparecía en la parte superior de la página.

Se quedó paralizado, hasta que ella se abrió paso a su alrededor, barriendo la revista y el vibrador de la cama.

"Oh, por el amor de Dios ... ¡Es solo porno!"

Sonaba molesta, mientras la tiraba en el cajón de una mesita de noche.

Su garganta trabajaba para encontrar las palabras adecuadas, pero estaba demasiado aturdido ...

Aturdido porque su dulce Verónica pudiera tener algo así.

El calor llenó su interior, y la imagen del hombre atado se quedó grabada en su cerebro.

Un áspero tirón en contra de su brazo lo trajo de vuelta a la realidad.

"Quédate frente a la cama, Andrew".

Una vez que lo tuvo de espaldas a la cama, y las esposas casi tocaban el marco, Verónica se puso a trabajar en su cinturón.

Cuando ella lo desabrochó, sus nudillos rozaron la cálida piel de su vientre.

Una línea de rizos suaves y oscuros trazaban el centro de sus abdominales, deslizándose hacia abajo en sus pantalones vaqueros.

Ella observó esto con satisfacción, mientras los músculos se contraían al tocarlos y su respiración se detenía.

Lentamente, le desabrochó los pantalones y luego se los deslizó hacia abajo.

El contorno de su gruesa polla estaba a un lado de su bragueta, en unos calzoncillos de algodón negro que la sujetaban cómodamente.

Había una zona húmeda en la punta de ese bulto.

Sintió un zumbido de calor correr a través de ella al verlo.

¡Esto sería mucho mejor que mirar las revistas y los sitios web!

Rápidamente, ella le bajó los pantalones hasta los tobillos.

Luego le comenzó a bajar la ropa interior de las caderas ...

Con cuidado de evitar tocar la polla que salía de los confines de su ropa, ella empujó la ropa interior hacia abajo para asentarse con sus pantalones vaqueros.

Levantándose, ella le elevó sus brazos esposados por encima de su cabeza, llevándolos a descansar frente a su cuerpo.

"Relájate." Ella ordenó, mientras lo empujaba bruscamente para echarse hacia atrás en la cama.

"Muévete hacia arriba".

Con los brazos cruzados, ella lo vio estirarse torpemente en la cama.

Fue una tarea difícil con sus manos y pies obstaculizados.

Una vez que se colocó a su gusto, ella se movió a su lado, colocando una mano en ese vientre tenso.

"Pon tus manos sobre tu cabeza".

La cama estaba en un marco de plataforma hecho a mano con una cabecera incorporada.

La cabecera contenía barandillas metálicas.

Verónica, con su amigo carpintero Cliff, lo habían hecho hace un año.

A ella le encantó ... no podía esperar para usarla finalmente como ella había pensado originalmente.

¿Cuántas noches había soñado con esto?

Se quitó las botas, se subió a la cama y se sentó a horcajadas sobre su pecho.

Se sacó la cadena de la camisa y se inclinó hacia delante, a través de su cara, abriendo una esposa.

Luego, pasó la esposa por uno de los rieles de metal y se la volvió a unir a su muñeca.

Andrew frotó su cara contra sus pechos mientras se deslizaban sobre ella.

Gruñendo, ella se recostó y lo golpeó con fuerza en la cara, por tercera vez esa noche.

"¿Te dije que hicieras eso?" Preguntó ella, mirándolo fijamente.

Sacudió la cabeza ligeramente, pero no parecía arrepentido.

Tomando un pezón, se lo retorció con fuerza.

Su cuerpo se sacudió bajo ella y él gruñó.

Ella alcanzó al otro, y él se intentó alejar ...

"¡Está bien!" Jadeó. "Lo siento ... no lo volveré a hacer".

Se lamió un labio con nerviosismo, pero cuando ella se deslizó hacia atrás, sus vaqueros rozaron ásperamente contra su dura polla.

Ella se miró, luego volvió a mirarlo.

Su mirada cambió, como avergonzada.

Bajando la mirada, se dirigió a la puerta del dormitorio.

"Me voy a bañar. Huelo como el mismo bar".

Ella se volvió para mirarlo otra vez ... esposado a su cama, desnudo, excepto por la ropa enredada alrededor de sus tobillos y sus botas moteras.

Su polla estaba erecta y palpitante, goteando líquido preseminal.

Un escalofrío la recorrió, y esta vez su gruñido fue uno de lujuria primigenia.

"No vayas a ningún lado".

Y salió con un susurro ronco.

"No me vas a dejar así, ¿verdad, Verónica?" Preguntó él con sus ojos implorando.

Ella le lanzó una sonrisa sádica y salió de la habitación.

CAPÍTULO 6

Parecía una eternidad, esperando allí, esposado a la cama.

Andrew escuchó el sonido de ella en la ducha.

Por un momento, pensó si podría salirse de las esposas, si quería.

No, no era posible.

Eso le dio unos pocos momentos de pánico, pero luego se obligó a calmarse ... y admitir que realmente no quería salirse.

Pensó en eso por un rato, y su pene flácido volvió a la vida.

Él gimió y deseó que ella se diera prisa ... sabiendo que estaba disfrutando de su dulce momento.

Finalmente, acabó de ducharse y entró en la habitación con una suave bata blanca.

Fue a un cajón y buscó en él.

Su pelo rojo estaba peinado y colgaba húmedo sobre sus hombros.

Sacando algunas cosas del cajón, salió de la habitación de nuevo, sin mirarlo siquiera.

La melodía que ella estaba canturreando captó la atención de su oído.

Andrew la siguió con su mirada.

Después de vestirse, regresó a la habitación.

Llevaba una camiseta blanca ajustada, de corte bajo, que dejaba entrever sus amplios pechos y su cintura delgada.

Con un par de pantalones cortos a cuadros en blanco y negro, revelando un vientre plano y sus caderas llenas.

Ella se movió a su lado.

Con los nudillos de una mano, trazó su línea de la mandíbula erizada de vello.

Ella amaba aun cómo con esos ojos vulnerables.

Los nudillos se acercaron para trazar sus labios, y ella introdujo un dedo en su boca.

"Chúpalos". Ella dijo, llevándole a la boca un segundo dedo.

Tragando saliva, chupó suavemente, envolviendo su lengua alrededor de ellos.

"Necesitas una palabra". Ella dijo, bombeando sus dedos dentro y fuera de su boca. "Una palabra para decirme si lo que estoy haciendo es demasiado ... si realmente necesitas que me detenga".

Ella desvió los dedos de su boca y él se lamió los labios.

"No has hecho nada que no pueda manejar". Murmuró en voz baja.

"¡Oh, realmente no hemos empezado aún, Andrew!" Ella dijo con una breve risa. "Dime una palabra".

"Suavizando" dijo, tras un momento de vacilación.

Fue una de las pocas cosas que lo llegaron a la mente en ese momento.

"'Suavizando' es, entonces ... Recuerda eso, ¿de acuerdo?"

Ella esperó hasta que él asintió, luego se levantó y fue a una mesa cercana.

La luz aumentó mientras encendía unas velas.

Tomando un biberón de aceite para bebé, se acercó y lo derramó generosamente sobre el pecho y vientre de él.

Más vertió sobre su polla y bolas.

Él contuvo el aliento, cuando ella comenzó a esparcir el aceite sobre él con las manos firmes.

Ella lo esparció en el pelo de su pecho.

Luego, mirándolo fijamente a los ojos, ella acarició el aceite sobre su polla y sus bolas, rodeándolo en su nido de cabello.

"¡Seguro que no necesito una palabra para detener esto!" Dijo con una pequeña risa.

Levantando una ceja, se secó las manos sobre la toalla que traía y se levantó.

Ella tomó una vela blanca que estaba encendida en la mesa.

Tenía alrededor de unos cinco centímetros de espesor.

Poniéndola en el suelo a unos pocos pies sobre su vientre, ella lo miró.

Él tragó saliva y se estremeció.

La vela se inclinó lentamente por su mano, y la cera caliente se derramó sobre su abdomen.

"Ahhhh ..." gimió, estirándose los abdominales.

Jadeó por un minuto.

Ella miró, esperando hasta que volviera a llamar su atención.

Ahora la vela estaba sobre su pezón izquierdo.

Su aliento llegó en pequeñas ráfagas, con los ojos fijos en la vela.

Un gemido, mientras la cera salpicaba el pezón y se desviaba por su costado.

Mirando hacia abajo, Verónica se asombró al ver lo duro que había permanecido su polla.

Lentamente, bajó la vela para sobrevolar sobre ese músculo palpitante.

Una vez más, sus ojos lo siguieron, luego se ensancharon.

"Nooo ... Nooo ... No, Verónica, ¡¡por favor!!" Se tensó contra los puños, sacudiendo la cabeza.

"Tienes una palabra, ¿recuerdas?" Ella preguntó, con la cara dura. "¿La vas a usar?"

Se quedó quieto por un momento, mirándola.

Tendría que decir esa palabra, si quería que esto terminara.

Sacudiendo la cabeza, se dejó caer contra la cama.

Sus ojos se cerraron, la cara enrojecida.

Verónica se sentó allí sosteniendo la vela, dejando que se formara más cera ... Esperando a que la volviera a mirar.

Después de un segundo, él abrió los ojos.

"¿Listo?"

La pregunta vino cuando ella vio su mirada fijada en ella.

En realidad, fue más una afirmación que una pregunta.

Empujando las manos hacia arriba, asió los rieles de cabecera más cercanos, agarrando con fuerza.

Entonces, él asintió.

Sosteniéndola un poco más alto, esta vez, inclinó la vela.

Lentamente, dejó que goteara para salpicar sobre su miembro, goteando también por sus bolas.

Gota tras gota cayó abajo.

Gimiendo y temblando, la cabeza de él cayó hacia atrás cuando las fuertes sensaciones lo golpearon.

Ella continuó goteando más cera.

Ahora en sus pezones y bajando por su pecho ... y sobre su vientre otra vez.

Su torso estaba cubierto de cera blanca ...

Cuando sus ojos se encontraron con los de ella, parecía aturdido y borracho.

La expresión de ella ahora era suave.

Volvió a colocar la vela en el soporte y se inclinó unos centímetros por encima de su cara.

Con la mano agarrando un puñado de su cabello, ella finalmente le dio ese beso en la boca.

Abriendo los labios para darle la bienvenida, él gimió, dejando que su lengua lo saqueara por dentro.

El beso fue invasivo y exigente.

Jadeando, dejó que ella se lo llevara a donde quisiera.

Este era un lado de él que nunca había pensado existiera.

Le hizo algo, la atravesó con un hambre cruda.

Agarró las llaves de las esposas y se movió rápidamente para desbloquearlas.

Parecía confundido.

Ella lo besó de nuevo.

"Quítate las botas y los pantalones", insistió ella con voz ronca.

Se apresuró a obedecer, mientras ella se dirigía al baño.

CAPÍTULO 7

Cuando ella salió de la habitación, él rápidamente trabajó para desenredar el lío de botas, jeans y bóxer.

Oyó correr el agua en el baño.

"Limpia la cera de tu polla y pelotas". Ella le ordenó, volviendo con un paño caliente y una toalla.

Le sorprendió lo fácil que se desprendía la cera, con el aceite debajo.

Él la miró bajo los párpados bajos, su respiración suave, rápidamente siguiendo su orden.

Se sintió mareado.

Ella se movió hacia el armario mientras él se limpiaba.

Había una caja de cartón posada en uno de los estantes, ella la levantó, colocándola en una silla cercana.

Podía vislumbrar una variedad de cosas extrañas dentro ... y algunas cosas todavía estaban en las envolturas.

La caja lo desconcertaba ...

¿Había estado comprando esas cosas? ¿Cosas de cuero?

"Arrodíllate en la cama". Ella ordenó, sacando algo de la caja.

Su respiración se aceleró, mientras se subía a la cama y se arrodillaba.

"Las manos a tus lados".

Bajó las manos, temblando un poco.

Esto era tan loco ...

Acababa de venir a decir que sentía lo que había pasado.

¡Pero no había manera de que pudiera salir ahora, de ninguna manera!

Y ella lo había besado ...

Eso era suficiente para que se quedara.

Miró lo que ella tenía en sus manos ... era un collar de cuero negro de unos cinco centímetros de ancho, con un anillo de metal en el frente.

¡Oh, mierda!

"¿Me vas a poner eso?" Preguntó nerviosamente, tragando saliva.

Su polla palpitaba.

Un asentimiento solemne fue su respuesta.

Con dos dedos le levantó su barbilla hacia arriba, y luego ella le sujetó el collar alrededor de su cuello.

Tenía una sensación de ardor que bajaba hasta su ingle.

¿Por qué esto lo estaba excitando?

Retrocediendo, ella lo admiraba con esos ojos llenos de lujuria verde.

El cuero se sentía abrumador contra su garganta.

Intentó mirarla a los ojos, pero tuvo que cerrarlos.

Inclinó la cabeza, se sonrojó de vergüenza.

"Eres mío ahora, ¿verdad, Andrew?"

Podía sentir su cuerpo tan cerca, mientras ella respiraba las palabras en su oído.

Él asintió, sin confiar en su voz.

Ella extendió la mano para cepillar la cera de sus pezones, rozando las puntas con los dedos.

La piel de gallina se formó en su piel cuando él se estremeció bajo su toque.

De repente, se dio la vuelta y volvió a la caja.

Ella regresó con una especie de bandas de cuero.

Andrew tragó saliva, pero se quedó quieto, mientras envolvía gruesas bandas de cuero alrededor de sus muslos.

Ella lo hizo volver a arrodillarse centrado en la cama.

Luego ella le sujetó bandas alrededor de las muñecas y se las ató a la parte exterior de las bandas del muslo.

Ocasionalmente, ella paraba en su trabajo para mirarlo con avidez.

A continuación, ella se movió detrás de él, y ajustó las bandas a los tobillos.

Engatusándolo a una posición más ancha de rodillas, conectó algunas cadenas cortas de metal desde los tobillos hasta los muslos en ambos lados.

Ahora, estaba inmovilizado.

Muñecas y tobillos asegurados a los muslos.

Sujetado muscularmente tenso.

Luchó contra el pánico.

"¿Todavía tengo esa palabra si la necesito?" Preguntó con los dientes apretados, con la cabeza hacia atrás.

"Sí", dijo Verónica, repasando la caja de nuevo.

Ella volvió a pararse frente a él, con los objetos en la mano.

"¿Quieres usar tu palabra ahora?"

"Uh, uh" dijo, sacudiendo la cabeza "no", moviendo el collar contra su cuello. "Solo necesito saber que todavía está ahí esa posibilidad".

Su pecho subió y bajó con su esfuerzo por controlar su respiración.

Pero por alguna extraña razón, su polla estaba dura como una roca, goteando líquido en su cama.

Ella agarró el aceite de bebé otra vez, y frotó un poco sobre su polla hinchada.

Se sentía celestial, y empujó sus caderas hacia delante tanto como lo permitían las restricciones.

Rápidamente, ella lo golpeó con su palma abierta.

Gimió y empujó de nuevo hacia adelante, incapaz de detenerse.

"Estate quieto." Ella ordenó, un pequeño gruñido en su voz.

Él asintió, tragando contra el cuello.

Poco a poco, ella colocó un anillo de goma negro en su polla palpitante.

Miró asombrado mientras su polla crecía aún más, con las venas sobresaliendo a lo largo del miembro.

Brillaba por el aceite.

"¡Santa mierda!" Gimió, deseando poder soportarlo.

Pero se distrajo de ese pensamiento, ya que ella regresó a la caja ... haciendo palanca para abrir un paquete.

¿Ahora qué?

De pie frente a él, sostenía un objeto de goma negro en forma de cono en su mano.

¿Eso es algún tapón para el culo?

Los había visto en las tiendas de pornografía antes ...

Un estremecimiento lo recorrió.

No ... ¡Oh infierno, no!

Empezó a sacudir la cabeza.

"Vamos, Verónica ... De ninguna manera ... eso no es lo que creo que es ... ¿verdad?"

No podía apartar sus ojos de eso.

"Lo es, Andrew ... Es lo que crees que es ... pero no el más grande que tengo. Puedes manejarlo. ¿Aún eres virgen allí?"

Ella lo miró.

Él asintió ante su pregunta y luego se sacudió.

"¡Por supuesto que lo soy! No puedes poner eso en mi trasero ... ¡Vamos, bebé, no hablarás en serio! ¿Lo haces?"

Tiró de las sujeciones.

Ella se quedó tranquilamente delante de él, con las piernas cruzándose de forma sexy, el falo de culo tapado en una mano y el lubricante en la otra.

"Creo que puedes manejar esto ... por mí". Ella dijo con calma.

Él sacudió la cabeza de nuevo, pero había dejado de luchar contra sus ataduras.

"Para mí." Ella dijo de nuevo, en un tono ronco.

Lentamente sus ojos se encontraron con los de ella.

"¿Me besarás de nuevo?" Preguntó, con voz inestable.

No podía creer que estuviera de acuerdo con esto.

Era todo tan loco.

Ella asintió, sosteniendo el contacto visual.

"Sí, definitivamente te besaré de nuevo, si haces esto por mí".

"Está bien ... pero, ¿te detendrás si esto duele demasiado?" Se sentía desesperado y asustado.

Arrojando el falo para el culo y el lubricante sobre la cama, ella se subió a su lado.

Inclinándose, ella rozó sus labios contra su cuello.

"Te tengo baby." Ella susurró.

Él asintió, temblando, pero tranquilizándose.

Él solía decirle esas mismas palabras a ella, hacía muchos años, cuando ella estuvo aprendiendo a montar en la parte trasera de su bicicleta.

OK, ella también lo recordaba, recordaba cuando las cosas estaban bien.

Él asintió de nuevo.

Verónica, arrodillada en la cama detrás de su musculosa espalda y culo, admiró la vista.

A ella le encantaba su aspecto, atado en esta posición ...

Le encantaba cómo seguía sometiéndose a sus más oscuros deseos ...

¡Que usara su collar!

Un escalofrío la recorrió y ella le acarició la mejilla del culo.

Se tensó, esperando.

"Relájate ..." Ella murmuró, mientras frotaba su ano.

Una vez hecho esto, ella frotó un dedo a través de su agujero bien apretado.

Un grueso temblor se disparó a través de él mientras gemía.

Retirando su mano, ella agarró el lubricante, untándolo en un dedo.

Ella distribuyó una cantidad de lubricante alrededor del exterior de su agujero.

Un jadeo y él dejó caer su cabeza hacia atrás, apoyando su cuerpo contra sus pantorrillas.

El espacio era estrecho, pero ella aún podía pasar su mano por debajo de él, lentamente un dedo en su apretado culo.

"Ohhhh ..." Exhaló en un gemido bajo.

No era exactamente el sonido de la incomodidad.

Una sonrisa se extendió por el rostro de Verónica mientras pasaba un segundo dedo hacia adentro.

Otro gemido recompensó sus esfuerzos.

Utilizando un poco los dedos, trabajó para relajarlo.

Se estremeció y se levantó de sus pantorrillas.

Ella sintió que la apretada entrada cedía un poco.

Sacando los dedos, ella agarró el tapón con forma de falo, engrasando generosamente su longitud.

No era enorme, pero ella sabía que él lo sentiría así en ese culo virgen.

"Siéntate un poco más". Ella le dijo, con la mano en una nalga de su trasero para orientarle.

Él silenciosamente siguió sus instrucciones, con el pecho agitado.

Ahora, con espacio para trabajar, colocó el extremo estrecho en forma de cono contra su agujero.

Un pequeño gruñido cuando sintió la punta húmeda presionando contra él.

Se apretó hacia abajo.

"Relájate", dijo de nuevo, "Y siéntate de nuevo en él".

Tomando una respiración profunda, lo intentó.

Rápidamente el tapón se deslizó hasta la mitad, y con un rápido y fuerte empujón, lo empujó más allá de sus anillos internos.

La base redonda y plana se sentó cómodamente entre sus nalgas.

"¡¡Oh, Dios mío!!" Él gimió ... "¡Mierda! ¡Tan todo dentro!" Estaba jadeando, tratando de acomodarlo.

Dándole un ligero golpe al culo, ella se levantó de la cama y se dirigió al escritorio.

Recogió un par de pinzas de la ropa y ella le colocó una en cada pezón.

Él gimió y tembló.

De vuelta en la cama frente a él, Verónica se pasó las manos por los hombros y bajó por sus tensos brazos musculosos.

Frotándole la barriga con los dedos sobre las gotas de cera.

Miró, mientras ella lo admiraba, atado así.

Con la mano detrás de su cabeza, acercándolo a ella, le dio el beso prometido.

El beso que se había ganado.

Arrodillándose entre sus rodillas extendidas, ella dejó que su cuerpo presionara contra el de él.

Su lengua exploró su boca con un deseo tan apasionado que pensó que él podría correrse allí mismo.

El anillo alrededor de su polla proporcionó la presión suficiente para detenerlo.

¡Dios, ella sabía tan bien!

Una corriente pasó través de todo su cuerpo cuando lo sintió todo tan agudamente ...

Su lengua llenó su boca, el culo lleno con el tapón, la polla hinchada contra el anillo, los pezones ardiendo y el cuerpo atado.

¡Era completamente un esclavo para su placer!

Tragando aire, sintió que podría ahogarse en todas las sensaciones.

Su erección palpitante presionaba contra su cuerpo.

"Por favor, Verónica" Él rogó ... no estaba seguro de lo que estaba rogando. "¡Por favor!"

Ella asintió, besándolo con fuerza por un momento más.

Luego ella se movió hacia un lado y lentamente comenzó a sacudir su polla aceitada

Barridos completos desde la base hasta la cabeza.

Sacudiendo el cuerpo bajo su mano, él gruñó y gimió.

Al principio se sintió increíble, y echó la cabeza hacia atrás.

Pero a medida que su ritmo se aceleraba se volvió abrumador.

"¡Más lento por favor!" Él rogó ... era demasiado a la vez.

Intentó levantar una mano para frenarla, pero el brazalete lo detuvo.

Ella siguió aumentando el ritmo, con una sonrisa maliciosa en los labios.

Su mano se deslizó a lo largo de toda la longitud del miembro, golpeando contra su cabeza con forma de hongo.

Era casi doloroso, la polla tan hinchada por el anillo.

Él gruñó.

Su otra mano la acercó para presionarla contra un pezón cubierto de ropa y él gritó.

"Humm, eso está bien, ¡siéntelo!" Ella le susurró al oído.

Presionando su cuerpo contra su cadera, ella lo golpeó constantemente.

A pesar de la incomodidad de su ritmo, sintió que la presión se acumulaba en sus bolas.

"Voy a ... Voy a ..."

El cuerpo se le arqueó mientras trataba de encontrar la liberación contra el anillo.

"¡Te vas a correr ahora!" Ella gruñó en su oído.

Con la cabeza echada hacia atrás, con las caderas moviéndose dentro de los límites de su esclavitud, el orgasmo lo golpeó.

Luces brillantes palpitaban ante sus ojos.

Los músculos apretados con fuerza y la esperma caliente latió en un arco.

Su cuerpo se convulsionó, y una ola tras ola de esperma blanco espeso fue expulsado de él.

Ella continuó agitándole la polla hasta que la última gota fue expulsada de su polla fatigada.

Su cuerpo se sentía tan agotado como su polla.

La euforia lo envolvió, y sintió que estaba flotando.

Con los dedos en la barbilla, ella le levantó la cabeza y le dio otro beso en la boca.

Entonces ella comenzó a desatarlo lentamente, quitándole las pinzas de la ropa primero.

Estirando sus extremidades, Andrew finalmente se bajó de la cama, con las piernas ligeramente inestables.

Él observó en silencio, mientras ella quitaba la ropa de cama y la arrojaba a la esquina.

Su polla, sin el anillo, colgaba floja.

Pensó que podía dormir por días ...

Pero ella se estaba quitando la ropa ahora, sus curvas blancas desnudas eran suaves a la luz de las velas.

Oh, Dios ... ¡había pasado tanto tiempo! ¡Y ella era tan hermosa!

El pelo rojo que caía sobre sus hombros ...

Polvoriento de rizos rojos que cubren su montículo.

Su boca se hizo agua, mientras su polla volvía a la vida.

Retiró la manta y las sábanas, acostada en la cama.

Extendiendo las piernas, se pasó una mano por el coño mojado ... luego lo llamó con la otra mano.

Se subió en la cama, con la cara enterrada en su coño húmedo.

Recordando la flacidez en su rostro, usó su lengua para cubrir sus dulces jugos.

¡¡Cielos!! ¡Aquí era donde estaba destinado a estar!

Toda vacilación se había ido.

Esto era algo que él sabía casi como un hábito ...

Cómo hacer que su cuerpo zumbara, cómo le gustaba hacerlo.

Él lamió su clítoris y chupó sus labios.

Ella gimió en respuesta.

Tres años no pudieron borrar ese conocimiento.

Levantó sus manos para frotarle los pechos y los pezones.

Esta vez, sin embargo, ella ya estaba a mitad de camino de correrse cuando él comenzó.

Su excitación era ya muy profunda, alimentada por sus actos de sumisión.

Con la boca abierta, presionó su lengua contra ella, asombrado por sus respuestas.

Se le escaparon gemidos guturales.

"¡Joder, eres bueno, Andrew!" Ella dijo, acariciando su cabello.

Las palabras le provocaron una sacudida de placer, y él lamió con más entusiasmo.

Cuando sus manos se agacharon para agarrar su cabello, y su cuerpo se tensó, supo que ella se estaba acercando a llegar.

Él no se detuvo en su trabajo, la lengua apretándose contra su clítoris hinchado.

Y cuando el orgasmo explotó y jadeaba, él estaba preparado para la eyaculación que salía de su coño.

¡Eso nunca había ocurrido antes!

Ella sostuvo su cabeza contra ella, mientras él la bebía.

¡Wow, algo seguro había ido bien con la noche!

Él miró a su cuerpo agitado con asombro.

"Sigue lamiendo!" Ella gruñó, y tuvo otro espasmo, mientras él se apresuraba a cumplir.

Un tercer y cuarto orgasmo hicieron que agitara su espalda, recompensando el esfuerzo de él.

Finalmente, se dejó caer contra la cama con un suspiro exhausto, tirando de él para que se uniera a ella.

Besando su rostro mojado, ella apretó su rostro entre sus manos.

"¿Has vuelto para siempre?" Ella preguntó.

"¿Estoy perdonado?" Buscó su cara.

"Sí, lo estás ... Pero la confianza tendrás que ganártela nuevamente".

Él asintió con solemne comprensión ante sus palabras, con una mirada triste en sus ojos.

Pero luego ella rodó sobre su pecho, presionándolo en la cama con su cuerpo.

"Pero hay otra cosa, Andrew. Como puedes ver, he cambiado. Tengo diferentes necesidades ahora ..."

Ella lo miró fijamente, con una mirada hambrienta en sus ojos.

"Sí, ¡me di cuenta!" Dijo, con un poco de risa, tragando saliva.

Las nalgas se pusieron rosadas, la polla se agitó contra su muslo.

"Entonces, ¿te vas a quedar para cosas como esta ... como lo que hicimos esta noche?" La pregunta vino con una mirada seria.

Enterrando su cabeza en su cuello, él asintió fervientemente contra ella, demasiado avergonzado para encontrarse con su mirada.

Su polla palpitaba.

Con un profundo suspiro de alivio, ella lo apretó con fuerza contra ella.

La intensidad de su abrazo hablaba más de lo que las palabras podían decir.

Con una creciente sensación de entusiasmo, sabía algo ...

Sabía que, si bien habría altibajos, sería más fácil de esta manera.

Mucho mejor que luchar ...

Solo dejarlo ir, y que sea esclavo para su placer.

HORAS EXTRA
ERIKA SANDERS

51

Entro en el alto bloque de oficinas, y asiento con la cabeza al guardia de seguridad mientras me dirijo a los ascensores.

Llamo al ascensor y espero a que llegue.

Las puertas se abren, entro y presiono el botón del piso al que quiero ir.

Las puertas se cierran, miro mi vestido y lo aliso con las manos.

Puedo sentir la parte superior de mis medias mientras deslizo mis manos sobre mis caderas y muslos.

Tengo un top de encaje que sostiene las medias, por lo que no hay tirantes que arruinen la línea de mi vestido.

El ascensor se detiene suavemente y salgo.

Sonrío cortésmente a las personas que esperan afuera de la puerta y entran al ascensor detrás de mí.

Las puertas se cierran y escucho el ascensor que baja a la planta baja, y después todo está en silencio.

Es tarde, ya casi de noche.

Aunque los últimos rayos de sol todavía están entrando por las ventanas, mientras camino por el pasillo hacia tu oficina.

No me estás esperando.

Ni siquiera sabes que estoy en la ciudad hoy.

Llego a tu puerta y me quedo quieta mirando adentro.

Ahí estás en tu computadora, tecleando y concentrándote en la pantalla, sin darte cuenta de mi presencia en la sala.

Tus manos vacilan sobre las teclas, tu cabeza se inclina hacia un lado y te escucho respirar profundamente por la nariz.

Cuando comienzas a girar la cabeza, deslizo mis manos sobre tus ojos.

"Adivina quién soy" Respiro en tu oído.

"¿Eres realmente tú?" Susurras sorprendido.

Agarro el respaldo de tu silla y te giro para que me mires.

"Hola, cariño". Sonrío en tu cara de asombro.

Te levantas y me tomas en tus brazos. Estás perdido por las palabras mientras me abrazas, puedo escuchar tu aliento atrapado en tu garganta, y me alejo para mirarte a los ojos.

"No puedo creer que seas tú ... en realidad estás aquí".

"Te dije que vendría". Respondí con una sonrisa.

"Oh cariño, es tan bueno verte". Dices, mientras entierras tu cara en mi cuello.

Tus brazos se sienten tan bien a mi alrededor, y hueles divino.

Tus labios contra mi cuello depositan pequeños besos hasta mi boca, y cuando finalmente nuestros labios se encuentran por primera vez, siento que me encuentro en casa.

Nos habíamos conocido durante meses de charlar en línea, conocernos, el mismo sentido del humor tonto ...

Disfrutaba de su inteligencia ...

Ahora estábamos los dos solos.

No vi ninguna razón para no viajar a tu ciudad.

Y aquí estábamos, juntos por fin.

Sentí que me ahogaba en tus besos, el calor recorría mi cuerpo.

Te empujé hacia atrás en tu silla y extendí la mano para aflojar tu corbata.

Lentamente, desabrocho la corbata y la dejo caer al suelo.

A continuación, desabrocho los botones de tu camisa ...

"¿No deberíamos ir a un lugar más cómodo?", Preguntas.

"No puedo esperar tanto". Respondo sin aliento, mientras saco tu camisa de tus pantalones y levanto mi vestido para poder sentarme a horcajadas en tu silla.

Tus manos suben por mis piernas cubiertas de medias, sintiendo el contraste entre la parte superior de encaje y la piel suave de mis muslos.

Te escucho gemir suavemente, mientras cierro mi boca sobre la tuya una vez más.

Siento tu dureza a través de tus pantalones mientras me muevo en tu regazo.

Tu mano llega a la cremallera en la parte posterior de mi vestido y puedo sentir que la bajas hasta que mi vestido se cae de mis hombros y se me revelan los senos.

Con un gemido, entierras tu cara en mi escote y chupas con hambre mis pezones.

Ahora me estoy retorciendo en tu regazo, busco la pretina de tus pantalones y la desabrocho.

Sin aliento, me levanto dejando que mi vestido caiga al suelo.

No llevo bragas así que todo lo que me queda son las medias.

Te pongo de pie empujando hacia abajo tus pantalones y calzoncillos.

Te sientas de nuevo y pateas la ropa fuera del camino.

Tu erección es alta y orgullosa, y caigo de rodillas y la adoro con mis labios y lengua.

Tus manos están agarrando los brazos de la silla, nudillos blancos.

Escucho tus gemidos de placer cuando te succiono profundamente en el calor de mi boca.

"¡Levántate!" Te escucho ordenar, y obedezco tu orden.

Me atraes hacia ti, mientras te inclinas hacia adelante y entierras tu cara en mi coño.

Tu lengua hurgando entre mis labios afeitados, lamiéndome el clítoris y volviéndome loca de deseo.

Pronto estoy gimiendo de placer, una mano detrás de tu cabeza, empujándote más hacia mí.

No puedo esperar más, y te empujo hacia atrás por los hombros y bajo mi brillante coño mojado sobre tu polla.

Bajándome lentamente sobre ti, tu polla llenándome, más y más profundo.

Un gemido se escapa de mis labios, cuando te siento profundamente dentro de mí.

Tu cara, una vez más entre mis senos, cuando empiezo a moverme lentamente hacia arriba y hacia abajo.

Te sientes increíble dentro de mí, pero los brazos de tu silla dificultan el movimiento.

Puedes ver mi incomodidad y así que me detienes suavemente y sugieres que cambiemos de posición.

Me haces levantarme, y mi frustración es obvia, ¡te necesito ahora!

Me das la vuelta y me doblas sobre tu escritorio.

Entonces siento que me entras por detrás.

"Oh si.... Me encanta así ... "

Tu polla dura me llena una vez más, y empiezo a gemir en voz alta.

Te escucho patear la puerta para cerrarla.

"No demasiado fuerte cariño ... En caso de que alguien escuche ..."

"Intentaré ..."

Gimo mientras me muerdo la mano, para tratar de contener mis sonidos de pasión.

Lentamente al principio, me empujas dentro y fuera de mí, pero no pasa mucho tiempo antes de que comiences a moverte más rápido.

"Oh por favor ... más duro ... folla ... me... más duro ..."

Tus manos se apoderan de mis caderas y comienzas a meter tu polla con fuerza en mi coño mojado.

Los sonidos de nuestros cuerpos golpeándose uno contra el otro se pueden escuchar junto con mis gemidos amortiguados.

Más fuerte y más rápido te sumerges en mí.

Puedo sentir otro orgasmo acercándose, mi cuerpo tensándose en anticipación.

Cuando me golpeas, escucho que sueltas el aliento mientras te corres dentro de mí, las paredes de mi coño se contraen alrededor de tu polla, y gimo de placer.

Cuando nuestra respiración comienza a volver a la normalidad, me incorporo y me vuelvo hacia ti para darte otro beso largo y prolongado.

"Oh cariño, eso fue increíble ..." Me dices entre besos.

"Tú también fuiste increíble". Sonrío y muerdo suavemente tu labio. "Ahora, me muero de hambre, ¿me llevarás a cenar o qué?"

FANTASÍAS:
BDSM Y TRÍO
(DOMINACIÓN ERÓTICA)
ERIKA SANDERS

CAPÍTULO 1

Llevando nada más que un abrigo de piel, Susy entró en la habitación.

Fred está atado a la cama con las piernas abiertas.

La emoción en sus ojos coincidía con la erección dura como la roca que estaba mostrando.

Esta era su fantasía.

Para su aniversario, habían decidido regalarse la fantasía sexual elegida.

Fred siempre había deseado probar la esclavitud, y por fin había sido lo suficientemente valiente como para sugerirlo.

Para su sorpresa, ella no se rió, le encantó la idea y se complació en encontrar una variedad de artículos entre los cuales elegir.

Las muñecas de Fred estaban atadas a la cabecera con cordones de seda.

Mientras la observaba caminar lentamente hacia él, no pudo evitar apretar los puños y tirar de sus ataduras.

El abrigo estaba desabrochado en la parte delantera y, mientras caminaba, él podía ver sus senos, su ombligo y su vello púbico.

Pareció tardar una eternidad en llegar al final de la cama.

Al subir a la enorme cama, ella se arrastró por su cuerpo.

El pelaje rozó sensualmente contra su piel.

Ella capturó su boca con la suya, mientras frotaba su cuerpo contra él.

Le encantaba que ella tuviera el control total, pero no se había dado cuenta de cuánto quería tocarla.

Su boca caliente estaba sobre su erección, chupándolo y lamiéndolo, él gimió y sus caderas se levantaban de la cama ansioso por más.

"Oh ... Susy ... puedes desatarme ahora, deja que te toque".

"Oh no ... te quedas atado".

Ella le sonrió, mientras ahuecaba sus bolas y deslizaba sus dedos detrás de ellas para masajear la piel sensible allí.

"Mmmm querida ... eso es bueno, pero también quiero darte placer".

"Oh, lo harás".

Susy se quitó el abrigo de piel de los hombros y lo dejó caer al suelo.

Y con una sonrisa malvada se arrastró de regreso a la cama.

Ella se arrodilló sobre la almohada, una rodilla a cada lado de la cabeza de Fred y bajó el coño a su boca que esperaba.

Fred lamió ansiosamente, cuando ella se inclinó hacia adelante y tomó su dureza en su boca una vez más.

Le resultaba difícil concentrarse en lo que estaba haciendo porque su lengua la estaba volviendo loca.

Dulces sensaciones recorrían su cuerpo, hasta que comenzó a temblar y luego gritó cuando su orgasmo se estremeció hacia sus extremidades.

Ella se apartó de él y se deslizó por su cuerpo, y se empaló en su masculinidad rígida y expectante.

Escuchó a Fred jadear y retorcerse debajo de ella mientras su cálida humedad lo envolvía.

Ella comenzó a levantarse y caer lentamente, deslizándose arriba y abajo por toda su longitud.

Le encantaba sentirlo dentro de ella, llenándola y estirándola hasta el límite.

Ella se aplastó contra él con más fuerza, pudo sentir que la tensión en su cuerpo comenzaba de nuevo, y comenzó a montarlo en serio.

Cada vez más fuerte ella golpeaba contra él.

Ella sabía que él estaba cerca, pero no podía llegar allí ella misma tan rápido sólo con esto.

Deslizó su mano por su cuerpo y comenzó a darse placer.

Jugando con su clítoris con su dedo, llegando al orgasmo un momento después de que Fred eyaculara dentro de ella.

Se tumbó junto a Fred y le desabrochó los cordones de seda.

Se frotó las muñecas y luego la tomó en sus brazos.

"Eso fue increíble", le dijo mientras la abrazaba con fuerza contra sí mismo. "Pero noté que necesitabas ayudarte a alcanzar el orgasmo de nuevo, ¿no hay nada que pueda hacer para que te vengas mientras estoy dentro de ti?"

"Sabes", Susy comenzó vacilante, "Hay algo de lo que siempre me he preguntado".

"Dilo." Fred le dijo "Déjame cumplir tu fantasía".

"Siempre me he preguntado qué se sentiría si alguien me lo comiera mientras estás dentro de mí ..." Susy dudó esperando que Fred se negara.

Pensó cuidadosamente por un momento.

Estaba sorprendido por su pedido.

Tendría que ser alguien en quien pudieran confiar, pensó.

"¿Puedes darme algo de tiempo?" Preguntó mientras la miraba a los ojos. "Tendrás que confiar en mí para encontrar a alguien adecuado, alguien discreto".

"Sí, por supuesto." Ella se sorprendió de que él estuviera de acuerdo con sus deseos.

Fred entendió completamente.

"Está bien Susy, cumpliste mi fantasía, ahora cumpliré la tuya".

CAPÍTULO 2

Aproximadamente una semana después, Susy llegó a casa y descubrió que Steven estaba de visita.

"Hola Steven, ¿qué te trae por aquí?" Susy lo abrazó cálidamente; ella siempre había sido cercana a Steven.

"Oye, bebé, solo estaba pasando y pensé en ver cómo estaban ustedes dos".

Hicieron un poco de té para los tres.

Tostaron malvaviscos sobre el fuego y Fred insistió en hacer sándwiches de mantequilla de maní y mermelada.

La noche pasó divertida y los tres consumieron un par de botellas de vino.

Eventualmente, Susy dijo que estaba lista para irse a la cama y cuando dijo buenas noches, no se dio cuenta de la mirada que pasó entre Fred y Steven.

Se desnudó y se deslizó entre las sábanas.

Fred se unió a ella y la tomó en sus brazos y comenzó a acariciar su cuerpo.

La cabeza le daba vueltas tanto con el alcohol como con el deseo, y pronto se besaron apasionadamente, Fred le acariciaba los senos y le chupaba los pezones.

Susy se aferró a sus hombros instándolo a seguir.

Sus dedos profundizaron en sus pliegues extendiendo su humedad y sondeando dentro.

Podía sentir que se iba a correr, acercándose a su clímax, y luego Fred se alejó.

"No ... Fred, no pares ... por favor ..."

Fred la detuvo encima de él y la hizo caer sobre su erección.

Susy jadeó cuando él la llenó con su polla.

En su frustración, ella comenzó a restregarse contra él.

Tenía tantas ganas de correrse que comenzó a bajar una mano, pero Fred la tomó de la mano y la sostuvo.

Ella bajó la otra mano y él la agarró también.

"Fred no, no sabes lo que esto me está haciendo ..." rogó.

Fred estaba decidido a mantener el control todo el tiempo que fuera necesario.

Susy estaba apretando contra él, estaba tan cerca pero necesitaba algo más para llevarla al límite.

En su frustración, Susy no escuchó la puerta del dormitorio abrirse y Steven entrando silenciosamente en la habitación.

Ella no estaba completamente consciente de él hasta que sintió las manos detrás de ella ahuecando sus senos.

Estaba tan sorprendida que se congeló y se giró para encontrarse a Steven desnudo detrás de ella.

"¡Steven!" Ella jadeó cuando sus grandes manos apretaron suavemente sus senos.

"Estoy aquí para ayudar a cumplir tu fantasía, bebé". Le susurró en su oído.

Su voz envió escalofríos por su columna vertebral.

Estaba entusiasmada con la idea pero también nerviosa.

Nunca había hecho algo así antes.

"Está bien, Susy, solo disfrútalo". Instó a Fred.

Cuando los dos hombres la alentaron a recostarse, Steven juntó sus senos entre sus manos y comenzó a lamerlos y mordisquearlos.

La sorpresa de la llegada de Steven había amortiguado su excitación, momentáneamente.

Pero ahora estaba creando un nuevo fuego dentro de ella.

Fred todavía estaba enterrado profundamente dentro de ella, mientras Steven lamía su cuerpo.

Se sumergió en su ombligo antes de hundirse más.

Susy se deslizaba muy lentamente por el miembro de Fred, y cuando la lengua de Steven llegó a su clítoris pensó que iba a morir de placer.

Fred dejó escapar un sobresalto. "¡Oh!" cuando sintió la lengua de Steven en la base de su miembro.

Fue completamente inesperado e increíblemente emocionante.

Steven continuó lamiendo a Susy, manteniendo un ritmo perfecto con su relación sexual.

Susy estaba loca de deseo; ella nunca había sentido algo así antes.

Las sensaciones eran tan intensas.

La lengua experta de Steven estaba en su clítoris, y Fred estaba ardiente y duro dentro de ella.

Las dos sensaciones combinadas fueron explosivas.

De repente, Fred estaba empujando hacia ella, y Susy estaba gritando con su orgasmo.

"Demasiado sensible ..." Susy murmuró mientras alejaba la cabeza de Steven.

Luego llevó a Fred a su clímax.

Susy se derrumbó sobre Fred jadeando y sudando en el calor de la pasión.

Susy miró tímidamente a Steven y se dio cuenta de su palpitante excitación.

Ella susurró al oído de Fred y él asintió.

"Déjame ayudarte con eso." Susy dijo antes de tomarlo en su boca.

Fred observó cómo su esposa chupaba la polla de Steven en toda su longitud.

Ella lo atrajo profundamente, tomando todo lo que pudo.

Luego comenzó un ritmo, dos rápidos y poco profundos y uno profundo y lento, deslizó las uñas por sus muslos y pudo sentirlos tensos.

Pronto él se corrió en su boca mientras ella tragaba tan rápido como podía.

A Fred le pareció increíblemente emocionante verlo, se puso duro de nuevo en poco tiempo.

Así que, inmediatamente, lo quería hacer de nuevo.

Rodando sobre su espalda y empujó su polla dentro de Susy, mientras Steven salía de la habitación.

FIN

67